W0417130

PETIT FÉROCE
n'a peur de rien

Texte de Paul Thiès
Images de Mérel

PETIT FÉROCE
n'a peur de rien

RAGEOT • ÉDITEUR

ISBN 2-7002-3160-0
Conception graphique : Marc Fleuret

© RAGEOT-ÉDITEUR – Paris, 1989-2005.
Tous droits de reproduction, de traduction et d'adaptation réservés pour tous pays. Loi n°49-956 du 16-07-1949 sur les publications destinées à la jeunesse.

MOI, PETIT-FÉROCE, GRAND CHASSEUR DE MAMMOUTHS

Bonjour !

Je m'appelle Petit-Féroce, j'ai les cheveux noirs et beaucoup d'appétit. J'habite avec mon papa et ma maman dans une grotte très confortable, sous une falaise, au bord du lac de la Lune.

En été, je peux patauger et nager toute la journée, et ensuite me coucher le nez en l'air pour regarder passer les nuages. Notre grotte est bien chaude pendant l'hiver, grâce aux moelleuses peaux de tigres à dents de sabre que mon papa a installées un peu partout.

Vous voulez savoir d'où viennent ces tigres ? C'est très simple, je vous explique :

Voilà : mon papa Grand-Féroce part à la chasse et, de temps en temps, il rencontre un joli tigre à dents de sabre, rayé de jaune et de noir, avec des yeux brillants, des poils rudes et une voix qui ressemble à un grondement de tonnerre. En résumé, un tigre, ça ressemble à une grosse, grosse guêpe avec des ailes en moins et des dents en plus !

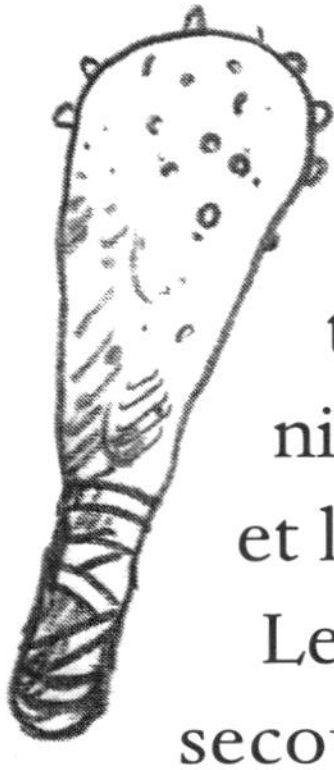

Donc, mon papa et le grand tigre se rencontrent entre un bananier hirsute et un crocodile chevelu, et la discussion commence.

Le tigre rugit, GRAOU, RRAOU ! Il secoue si fort sa queue qu'il déracine un buisson de chardons-croque, mais mon papa lève sa massue et lui explique poliment qu'il a besoin de sa fourrure pour les murs de notre grotte, et de ses grosses dents pour fabriquer des cuillères à soupe. Il ajoute que moi, Petit-Féroce, j'adore les côtelettes de tigre bien grillées. Il est gentil mon papa, il pense toujours à moi.

Le tigre écoute en rugissant encore plus fort et là, il peut arriver deux choses.

Premièrement, le tigre accepte de se retrouver à la marmite, mais ça n'arrive pas très souvent. Alors mon papa lui donne un terrible coup de massue sur le crâne et BOUM ! ça fait une fourrure, des petites cuillères, et pas mal de bons repas.

Deuxièmement, si le tigre a mauvais caractère et qu'il refuse, mon papa Grand-Féroce lui donne quand même un terrible coup de massue sur le crâne et BOUM ! revoilà les côtelettes.

Maman Jolie-Féroce, elle, prépare le ragoût de mammouth aux champignons. C'est sa grande spécialité ! Ça sent drôlement bon ! Les brochets dentus du lac de la Lune montent à la surface humer l'odeur, et moi j'adore, j'adore, miam !

Si vous voulez, je vous raconte comment maman prépare la soupe : c'est plus compliqué pour les champignons que pour le mammouth.

En effet, il faut un seul mammouth et au moins cinq mille champignons, tous très difficiles à trouver. Il faut farfouiller sous les feuilles mortes, renifler dans les brindilles et même, parfois, farfafouilleniflailler entre de vieux os de diplodocus, au fond de la forêt. Ensuite, on jette les champignons dans un panier, on les rapporte à la grotte, maman les plonge dans la marmite et…

Quoi ? C'est le mammouth qui vous intéresse ? Vous voulez absolument savoir comment on capture le mammouth de la soupe au mammouth ?

Vous êtes sûrs ? Je vous avertis, ce sera dur de m'imiter parce que moi, je suis un héros ! Mais je veux bien vous expliquer.

Le tout dernier mammouth qu'on a mangé, croqué, avalé en se léchant les babines, c'est moi, moi, Petit-Féroce, qui l'ai capturé ! Et voilà comment…

J'étais allé chercher des champignons dans la jungle. C'est drôlement impressionnant la jungle. C'est rempli de palmoches velus et de coucoutiers à surprise. Il peut arriver n'importe quoi, dans la jungle… Tout d'un coup, j'entends crac, et recrac, et CRAC, et en plus un énorme éternuement : TRROMMPHFFF ! comme si tous les tigres à dents de sabre de la région avaient attrapé un rhume gigantesque.

Je me retourne, je lâche les champignons qui rebondissent sur mes doigts de pieds, et je vois… QUOI ? Un prodigieux mammouth, avec des défenses recourbées, de grosses pattes velues. Il fonce droit sur moi ! Si je ne fais pas attention, il va me transformer en omelette aux champignons, ce gros plein de poils !

Il fonce, fonce, et moi je me dresse sur la pointe des orteils, je lui flanque mon panier dans la trompe. Et il reçoit un minuscule champignon noir dans l'œil. Ça lui fait horriblement mal !

Il s'arrête net, pousse un terrible barrissement et trépigne sur place, si violemment qu'il ébranle le sol et les arbres de la forêt.

Je voudrais bien me sauver ! Ou même me cacher sous un champignon.

Mais, à ce moment-là, un énorme baobab vacille et s'abat sur la tête du mammouth qui s'effondre avec sa grosse trompe en accordéon.

Une bosse pousse sur son front, si grosse que j'arrive à grimper dessus. Ensuite, il n'y a plus qu'à appeler les guerriers de la tribu pour qu'ils le ramassent.

Et c'est comme ça que la famille a mangé de la soupe au mammouth pendant des jours et des jours. Et dire que maman Jolie-Féroce prétend que je ne l'aide jamais pour la cuisine !

En plus, mon papa Grand-Féroce me félicite. Il dit que, quand je serai grand, je chasserai les mammouths à sa place. Je me sens drôlement fier. C'est la gloire !

ROÛMM LE RONRONGE

J'ai un bon copain ! Et je suis sûr que vous le trouverez très gentil… s'il ne vous fait pas tomber un arbre sur la tête, ou s'il n'avale pas votre massue comme il a croqué celle de mon papa Grand-Féroce, ou s'il ne fait pas couler votre pirogue, comme celle de mon oncle Très-Très-Brutal qui a failli se noyer dans le lac de la Lune.

Un beau matin de printemps, je me promène dans la forêt. Il fait doux, le soleil rebondit sur mon nez, je donne de joyeux coups de pied aux marrons et aux châtaignes et je chatouille du gros orteil les petits crânes de catastrophopithèques qui traînent par terre, quand tout d'un coup j'entends un drôle de bruit :

Je fronce le nez et j'ouvre des oreilles plus grandes que celles des mammouths. Le bruit suspect continue : « Rrrrrrrr… »

Je me demande de quoi il s'agit. D'un bébé tigre en train de ronfler, ou d'un diplodocus enrhumé, ou encore d'un terrifianpantroque en train de grincer des dents ?

Ne le répétez surtout à personne, mais j'ai presque, presque peur. Je n'ai plus tellement envie de me promener tout seul, de chasser la groseille géante ou la myrtille velue. Je préférerais me retrouver chez nous, dans notre caverne, à renifler la marmite de maman, ou à astiquer la massue de papa.

Malheureusement, le bruit continue : « RRrrr… » Je transpire à grosses gouttes !

Et soudain, patatras ! Un bananier s'abat tout près de moi et manque m'écraser. Je m'approche de l'arbre, lentement, prudemment. J'effleure le tronc d'un orteil timide. Il est déchiqueté, comme si quelqu'un l'avait mordillé, rongé, trituré. Bizarre, bizarre...

Pendant que je réfléchis, le bruit continue : RRRrrr... Mais soudain... crac ! Brac ! PAAAF ! Un banian s'effondre à ma droite. Les arbres ne sont pas solides dans cette jungle !

Maintenant, j'ai vraiment peur. Et moi quand j'ai peur, j'ai faim. Et quand j'ai faim, je grignote tout ce qui me tombe sous la main.

Je fouille dans mon pagne et déniche de vieilles graines de tournesucette. Vous connaissez les tournesucettes, bien sûr : ce sont de minuscules fleurs jaune, rouge et orange. Leurs graines sont douces et sucrées, j'adore ça.

Je grignote deux ou trois de ces graines en essayant de ne pas claquer des dents et alors j'aperçois une drôle de bestiole, juste devant moi.

Elle surgit des racines du banian. Il s'agit d'un petit animal brun, avec des oreilles pointues, une longue queue souple, des pattes pelucheuses, des yeux malicieux, et surtout de longues, longues dents qui lui sortent du museau. Je sais ce que c'est ! Un ronronge, un vrai ronronge, capable de grignoter toute une forêt entre le petit déjeuner et le dîner !

Le ronronge sautille devant moi et pousse de petits couinements affamés. Je comprends qu'il meurt d'envie de goûter à mes graines de tournesucette. Moi, je n'ose pas dire un seul mot : les ronronges sont terriblement craintifs, c'est très difficile d'en capturer un.

Je ne bouge pas. Alors le ronronge allonge sa queue, cueille délicatement une banane, la soulève et la balance gentiment sous mon nez. Moi, en échange, je lui envoie une graine dans la gueule. J'épluche la banane pendant qu'il savoure sa friandise.

Le ronronge écarte joyeusement les oreilles et, du bout de la queue, me caresse doucement le bout du nez. Je crois qu'il m'aime bien !

Je lui propose :

– Tu as envie de venir avec moi, dans notre grotte, au bord du lac ?

Il fait « Rrr… Rrr », saute agilement sur mon épaule et enroule sa longue queue autour de mon cou. Tout content, je lui chatouille les oreilles et je rentre chez moi avec mon nouveau copain. Ça fait longtemps que je rêvais d'un animal rien que pour moi. Seulement les monstrosaures c'est trop gros, les moustiques c'est trop petit, les mammouths ça se mange et les marmouches c'est trop moche.

Désormais, mon ronronge s'appelle Roûmm. Maman Jolie-Féroce l'aime bien parce qu'il croque les scorpions qui galopent sur les parois de notre grotte. Et pour se faire pardonner d'avoir mangé la massue de mon papa

Grand-Féroce, Roûmm a rongé le pied d'un gros chêne : Rrrr, rrr, crac ! pour que papa se fabrique une massue neuve encore plus belle.

Et maintenant, Roûmm et moi, on chasse tout le temps ensemble ! Tous les copains de la tribu sont jaloux. Heureusement que je suis drôlement modeste !

CERISE-QUI-MORD

Moi, je suis un garçon, un grand garçon, un vrai garçon ! Je suis capable d'escalader un cocotier, de suivre un mammouth à la trace ou de cueillir un chardon-croque entre deux orteils. Et pourtant, ils sont dangereux, les chardons-croque.

C'est d'ailleurs grâce aux chardons-croque que je suis devenu l'ami de Cerise. Et maintenant, faites très attention, parce que cette Cerise va devenir drôlement importante dans mon histoire !

Un matin, je me promène avec Roûmm, mon ronronge apprivoisé, qui peut grignoter un bois de chêne en une matinée, rien que pour dégourdir ses longues dents.

Je sifflote, je fais rebondir sur mon épaule la jolie massue dont mon papa Grand-Féroce m'a fait cadeau pour mon anniversaire. Roûmm trottine joyeusement derrière moi en me mordillant les talons. De temps en temps, il cueille de sa longue queue une glissorange feuillue ou un pamplemordamousse à pépins rouges. Roûmm adore les fruits.

Mais moi, je me méfie. Dans la forêt existent de grands dangers : des tigres à dents de sabre, des mammouths en balade, et parfois des expéditions lancées par les ennemis de notre tribu, les terribles Marmicreux. Et je vous assure que les Marmicreux, c'est des grincheux, des nerveux, de vrais affreux !

Alors que je suis en train d'éplucher un tartichaud citronneux, j'entends un hurlement :

– Au secours !

Je sursaute. Mon ronronge pousse un cri aigu et me saisit nerveusement les talons. Le cri recommence !

– Au secours ! Au secours !

Je regarde autour de moi en fronçant les sourcils. Je serre très fort ma massue pour me donner du courage. Roûmm me griffe anxieusement les doigts de pieds et enroule craintivement sa queue autour de mes genoux. Je ne sais pas si je vous l'ai déjà dit, mais mon pauvre ronronge est assez froussard.

Il ne se passe plus rien pendant un moment et puis le cri retentit pour la quatrième fois.

– Au secours !

Je grimace pour me donner encore plus de courage, je me frotte énergiquement les oreilles pour me redonner encore plus de recourage, je donne une gifle au ronronge pour lui donner du courage et je cours vers la voix ! Roûmm me suit en gémissant.

Derrière un rideau de palmiers sauvages balancés par le vent, je découvre une prairie verte et douce. Là, j'aperçois une fillette de mon âge qui se bat de toutes ses forces contre un énorme buisson de chardons-croque.

Je la reconnais ! C'est Cerise-qui-mord, la fille du sorcier de la tribu. Elle se fourre toujours dans des histoires impossibles.

Par exemple, il y a dix lunes, un des crocodiles de la rivière a failli l'avaler d'une seule bouchée comme une cracahouette.

Et quelques jours plus tard, son papa l'a tirée juste à temps de l'énorme gueule d'un hippopopotatame à crinière qui l'avait capturée pendant qu'elle cueillait des fleurs au bord du lac de la Lune.

On l'appelle Cerise-qui-mord parce qu'elle a des cheveux rouges, et parce qu'elle a mordu six gros orteils, trois oreilles et douze genoux la première (et la seule) fois que les garçons de la tribu se sont moqués d'elle. Cerise, ce n'est pas n'importe qui !

Mais aujourd'hui, elle a vraiment de gros ennuis !

Elle s'est trop approchée du buisson de chardons-croque, des fleurs très dangereuses. Elles lancent de longues lianes griffues pour ligoter les imprudents. Ensuite, les fleurs rouges et violettes du buisson commencent à s'agiter, à s'ouvrir. Et puis... miam, miam miam, elles vous dévorent tout cru des oreilles aux orteils.

Je ne peux quand même pas laisser Cerise se faire gober par de méchantes fleurs poilues ! Je dois intervenir !

Je traverse la clairière en courant. Il n'existe qu'un seul moyen de se débarrasser d'un buisson de chardons-croque : il faut le déraciner.

Je crie à Roûmm :

– Vas-y ! Arrache-le, vite !

Mon ronronge me regarde, renifle plaintivement et gargouille :

« Rrrr… ooûû… »

Ce qui veut dire :

– Et si les chardons-croque me croquent, moi ?

Je réponds sévèrement :

– Ou tu y vas, ou je te prive de feuilles de saladouce pendant au moins dix lunes de suite !

Roûmm soupire, gémit, grogne, couche tristement les oreilles et se décide. Il se rapproche du buisson et rroû, rroû, il le déracine en trois coups de dents ! Les horribles fleurs rouges et violettes se flétrissent, Cerise est sauvée !

On s'assoit sur l'herbe, et elle caresse gentiment mon ronronge, lui chatouille délicatement les oreilles – il adore ça – en proclamant :

– Tu es un héros ! Tu m'as sauvé la vie !

Je proteste :

– Moi aussi je t'ai sauvée, non ?

Cerise me regarde bizarrement. Elle mordille une de ses mèches écarlates en réfléchissant. Avant que je réagisse, elle s'empare de ma massue et me flanque un grand coup sur la tête ! Je me retrouve à plat ventre, le nez dans l'herbe.

Des étoiles et des papillons voltigent sous mon crâne et je l'entends hurler :

– C'est moi qui décide qui me sauve la vie ou non ! Tu as compris ?

Oh là là ! Elle a vraiment un caractère épouvantable ! Mais elle est si jolie quand elle crie et quand elle rit. Elle ressemble à un colibri.

Voilà comment je suis tombé amoureux…

LES TERRIBLES, LES HORRIBLES MARMICREUX

Depuis que je suis tombé amoureux de Cerise-qui-mord, la fille du grand sorcier Arbre-Rouge, on se dispute sans arrêt. Elle m'a déjà mordu les deux mains, les deux pieds, un coude et le bout du nez.

Moi, j'ai fait des nœuds avec ses cheveux rouges, je l'ai jetée dans une mare visqueuse remplie de carpoches et Roûmm, mon gentil ronronge apprivoisé, a dévoré son plus élégant pagne en fourrure de renarieur. Bref, on s'amuse bien !

Aujourd'hui, on part se promener en pirogue sur le lac de la Lune. Nos parents nous recommandent de faire très attention, à cause des Marmicreux.

Je vous ai déjà un peu parlé des Marmicreux. Ce sont les plus terribles ennemis de notre tribu, celle des Cavernois. Ils habitent les grottes de l'autre côté du lac. Ils passent leur temps à tendre des embuscades à nos guerriers, à voler notre gibier et à couler nos pirogues.

Seulement, de l'autre côté du lac, on trouve aussi des pierres précieuses magnifiques, plus brillantes que les yeux des tigres de la forêt. Cerise et moi, nous voulons récolter beaucoup de ces pierres et fabriquer de jolis colliers pour nos mamans. Naturellement, on ne dit rien à nos parents, parce que les parents, ça vous interdit toujours de reprendre du mammouth ou d'avoir des aventures.

On laisse la pirogue sur la rive du lac et je chuchote à Roûmm :

– Toi, tu surveilles les environs. Si un Marmicreux s'approche, tu nous préviens en criant et en levant ta queue aussi haut que possible.

Roûmm couche les oreilles en gémissant, comme si les Marmicreux le guettaient déjà pour le transformer en ronronge au pot-au-feu. Il entoure mon cou de sa longue queue avec un air suppliant, mais je lui ordonne :

– Tu restes là, et tu mords tous les Marmicreux que tu vois !

Cerise se met à rire.

– Il est froussard, ton pauvre ronronge ! Et plus bête qu'un diplodocus enrhumé !

Je réponds furieusement :

– Il n'est pas du tout froussard ! Seulement... prudent. Et toi, tu es plus bête qu'un tyrannosaure grippé !

Cerise réplique férocement :

– Toi, tu es plus bête qu'un bêticanthrope à poils rouges. Plus froussard que ton stupide ronronge. Et encore plus peureux qu'un lièvreux trembloteur !

Je brandis ma massue et je hurle :

– Je vais t'assommer !

Mais Cerise bondit comme une sauterelle et gnap, aïe, elle me mord l'oreille droite et gnip, ouille, elle me mord l'oreille gauche ! Je tombe à la renverse, le derrière dans l'eau.

Le pauvre Roûmm caresse mes oreilles blessées du bout de la queue pour me consoler. Ça chatouille et ça soulage la douleur. Cerise éclate de rire puis se tait brusquement. Des yeux nous observent à travers les feuillages ; les Marmicreux se sont approchés en silence pendant la bagarre. Nous sommes cernés !

Habillés avec des peaux d'ours et de rhinocéros, les Marmicreux sont terrifiants. Ils agitent des massues grosses comme des troncs d'arbres en ricanant :

– On va les cuire, ces petits…

– Les rôtir…

– Les mijoter dans la marmite…

– Et nous garderons le ronronge pour le dessert…

Ils ne plaisantent pas ces sauvages ! Ils ont de grosses cordes, de grands couteaux et un solide appétit. Mais Cerise garde son calme. Elle suggère même d'un ton détaché :

– Dites ! Si vous me laissez tranquille, je vous aide à cuire les deux autres. Je peux souffler sous la marmite, moi ! Et puis je connais des recettes formidables. Par exemple, si vous bourrez les oreilles du ronronge avec du thym et du serpolet, il sera délicieux. Quant à Petit-Féroce, il vaut mieux le cuire aux petits oignons dans du jus de lapinois.

Là, elle exagère ! Je suis à la fois blanc de peur, rouge d'indignation et vert de rage. C'est compliqué. Mais soudain, Cerise pousse un cri aigu ! À cet instant précis, le ciel s'obscurcit, le vent se lève et la foudre tombe au milieu des Marmicreux qui lâchent leurs armes et leurs massues et s'enfuient en courant !

Nous en profitons pour sauter dans notre pirogue et nous éloigner aussi vite que possible. Roûmm, rassuré, laisse tremper le bout de sa queue dans l'eau paisible. À califourchon à l'avant de la pirogue, Cerise observe le reflet de la lune qui danse et vacille à la surface. De temps en temps elle se penche, et ses longs cheveux rouges traînent dans l'eau…

Moi, je rame, et je me pose des tas de questions sur ses pouvoirs. Je ne m'imaginais pas qu'elle en avait autant.

Au bout d'un moment, je me gratte la tête, je taquine le museau de Roûmm de l'orteil et je demande à Cerise :

– Heu… dis… La tempête, et les éclairs, et tout… Comment tu as fait ?

Elle secoue ses mèches trempées, m'envoie des gouttes dans l'œil et rigole :

– Je suis la fille d'Arbre-Rouge, le grand sorcier des Cavernois. Je peux provoquer la pluie et les cyclones et, si tu es désagréable, je te fais rôtir d'un simple coup d'œil éclair et ton ron-ronge aussi !

Elle est terrible, ma Cerise. Ah là là ! c'est dangereux d'être amoureux !

SIFFLOTIN, LE MARMICREUX DES COLLINES

Je vous ai déjà parlé des Marmicreux, non ? Ce sont les grands ennemis de notre tribu. Ils vivent sur l'autre rive du lac de la Lune. Ils sont plus laids que des chamorribles à trois bosses et plus féroces que des tyrannosaures enragés.

Le problème, c'est que les plus belles pierres précieuses de la région s'entassent de leur côté du lac.

Je décide de retourner en chercher. Avec prudence. La dernière fois, j'ai quand même failli passer à la marmite !

Je ne préviens ni Cerise ni même Roûmm, et surtout pas mes parents. Les parents n'apprécient pas les bonnes initiatives ! La nuit, juste avant l'aube, ma pirogue glisse doucement sur l'eau sombre du lac…

Personne. Je saute à terre, commence à ramasser les pierres précieuses. Elles sont lisses et brillantes, on croirait des étoiles tombées au bord de l'eau.

Et puis j'entends quelque chose… Un bruit triste, mouillé, étouffé. Comme un reniflement…

Inquiet, je scrute l'obscurité et je découvre un garçon ligoté à un arbre. Il est assez grand, mais il a l'air un peu plus jeune que moi. Il me ressemble un peu mais il a des cheveux encore plus hirsutes que les miens. Il tremble de peur et de froid. Son visage est couvert de larmes.

Un prisonnier des Marmicreux ! Pourtant, il porte un pagne déchiré en peau de rhinocéros, comme eux. Je recule, inquiet. Il s'agit peut-être d'un piège. Les autres vont me sauter dessus ! Mais dès qu'il m'aperçoit, le garçon chuchote piteusement :

– S'il te plaît... libère-moi !

Je demande d'un ton soupçonneux :

– Mais... tu es un Marmicreux, toi aussi. Qu'est-ce que tu fais là ?

Il renifle lamentablement et bredouille :

– Je suis un Marmicreux des Collines, et ce sont les Marmicreux du Lac qui m'ont capturé.

– Et ta famille ?

– Ils sont morts depuis longtemps, alors je me débrouille comme je peux. Je voulais voler de la nourriture dans

leur grotte garde-manger, mais ils m'ont surpris. Ils m'ont attaché ici et ils sont déjà en train de préparer les marmites ! Et demain matin… Ils vont me croquer ! J'ai peur !

Il renifle de plus belle. J'ai pitié de lui, bien sûr, mais après tout, c'est un ennemi ! Je hausse les épaules et déclare sévèrement :

– Tant pis pour toi.

Je m'apprête à partir, mais le garçon murmure d'une voix suppliante :

– S'il te plaît. S'il te plaît, détache-moi !

J'hésite. Il implore :

– Dis, tu ne vas quand même pas me laisser là, hein ? Tout seul…

Je me sens mal à l'aise. Je lui explique :

– Ben… C'est normal, non ? Tu es un Marmicreux et moi un Cavernois. On est ennemis, non ?

Le garçon renifle comme un mammouth en hiver et répète :

– J'ai peur ! S'il te plaît… Je ferai tout ce que tu voudras ! Je balayerai ta caverne, je raccommoderai les peaux de tigre, j'astiquerai ta massue, je sifflerai pour attirer les colibraques et les lapinois. S'il te plaît, je ne veux pas mourir.

J'hésite toujours. Je ne vais quand même pas m'encombrer d'un Marmicreux renifleur ! Mais je me souviens du jour où j'ai failli finir à la marmite, moi aussi. Je mourais

de peur. Si Cerise ne m'avait pas sauvé cette fois-là… Et puis, j'adore le civet de lapinois et les colibraques à la broche. Je soupire :

– Tu siffles vraiment bien ?

Rempli d'espoir, le garçon hoche vigoureusement la tête. Je soupire encore et je coupe ses liens.

– Dépêche-toi ! L'aube est toute proche.

Mais, engourdi par sa captivité, il n'arrive pas à marcher. Je suis obligé de le porter. Et en plus, il n'arrête pas de me renifler dans l'oreille ! Nous arrivons enfin au bord de l'eau, je le couche dans la pirogue et je rame aussi vite que possible vers notre côté du lac. Il faut rejoindre le territoire des Cavernois avant le lever du soleil !

Peu à peu, le petit Marmicreux reprend des forces. Il m'observe avec inquiétude, agenouillé à l'autre bout de l'embarcation. Il doit se demander comment les Cavernois traitent leurs prisonniers. Finalement, il se décide à m'interroger :

– Dis, comment tu t'appelles ?

– Je suis Petit-Féroce, le fils de Grand-Féroce, le meilleur guerrier des Cavernois. Et notre grotte est la plus belle de la tribu ! Et toi, tu t'appelles comment ?

Le garçon renifle une dernière fois et me sourit timidement :

– Je m'appelle Sifflotin et je serai bien content de dormir dans un coin de ta caverne.

Je hausse les épaules.

– Il y a beaucoup de place chez moi. Et en plus, ma meilleure amie, Cerise-qui-mord, est pire que toute une tribu d'ennemis. Alors, j'ai vraiment besoin d'un petit frère !

ATTENTION AUX GLAGLAFRAISES

Sifflotin ralentit en s'approchant de notre caverne. Il traîne les pieds et avance de plus en plus lentement, comme un escarcroc malade.

Je me retourne et lui demande gaiement :

– Pourquoi tu ralentis ? Tu n'es pas pressé de rencontrer tes nouveaux parents ?

– Bien sûr que si mais… et s'ils ne m'aimaient pas ? murmure Sifflotin en baissant la tête. Après tout je suis un Marmicreux. Et puis ils ne me connaissent pas.

Le pauvre ! Il semble si triste, tout d'un coup. Je lui assure d'une voix ferme :

– Tu verras ! Ils t'aimeront tout de suite. Je te le jure !

Le petit Marmicreux semble un peu rassuré. Je le prends par la main et je lui propose :

– Allez viens, on va courir jusqu'à notre caverne. Comme ça, tu les connaîtras encore plus vite !

Et ça marche !

Ça marche tellement qu'on court sans s'arrêter jusqu'à notre grotte.

Et là, papa Grand-Féroce et maman Jolie-Féroce accueillent Sifflotin avec beaucoup de gentillesse.

Je leur raconte qu'il est orphelin, qu'il est tout seul, qu'il a failli se faire croquer (ça, c'est le moment le plus émouvant de mon histoire !) et qu'il faut absolument l'aider. Je suis si ému que je bredouille un peu en leur expliquant la situation mais ce n'est pas grave.

Papa pose sa main sur l'épaule droite de Sifflotin, maman la sienne sur son épaule gauche. On est tous ensemble, pour de bon et pour toujours !

Seulement… Un nouveau petit frère, c'est parfois encombrant.

Pour commencer, depuis que Sifflotin habite avec nous dans notre caverne, je me dispute encore plus avec Cerise-qui-mord, ma meilleure amie, parce qu'elle est très jalouse.

Mais souvent, on part en expédition tous les quatre : Cerise, Sifflotin, moi et Roûmm, mon ronronge apprivoisé.

Un jour, nous arrivons dans une jolie clairière, au milieu de la forêt. Roûmm mordille les brins d'herbe et renifle avec méfiance de vieilles empreintes de discrétosaures grisâtres et de silencechuttes feutrés.

Sifflotin sifflote joyeusement et joue avec son nouveau collier à dents de requin, un cadeau de mon papa Grand-Féroce. Parce que, depuis que Sifflotin habite chez nous, c'est toujours la même chanson dès que je fais une petite bêtise de rien du tout.

D'abord, papa Grand-Féroce me reproche :

– Sifflotin, au moins, il écoute ce que je dis. Il s'applique et il deviendra un grand chasseur. Mais toi, Petit-Féroce, à ton âge, tu es incapable de reconnaître un poil de diplodocus d'un cheveu de dinosaure.

Ensuite, maman Jolie-Féroce ajoute :

– Sifflotin, au moins, il m'aide chaque jour à nettoyer la caverne. Il m'a gentiment fabriqué un balai en poil de grochameau, et il astique la marmite sans que je le lui demande.

Mon amie Cerise se moque de moi :

– Sifflotin, au moins, pour un garçon, il est presque mignon et presque gentil et pas trop trop bête, tandis que toi…

Et même Roûmm, mon ronronge, adore que Sifflotin lui caresse le ventre, lui chatouille les oreilles et fasse des nœuds pour rire dans sa queue interminable. Et il lui offre en cachette des bouts de bois à ronger et des graines de tournesucette bien sucrées.

Bon ! Tout ça pour vous expliquer que, depuis que Sifflotin habite chez nous, ma vie est assez compliquée. Je crois même que je suis un peu jaloux !

Mais quand on joue ensemble, qu'on nage ensemble au bord du lac de la Lune, quand on se barbouille de jus de mûres ou qu'on partage un ragoût de colibroquet, je suis drôlement content d'avoir un petit frère. Et je ne regrette pas de l'avoir sauvé de la marmite des Marmicreux !

Ce jour-là, c'est justement Sifflotin qui découvre un buisson couvert de fruits rouges et brillants.

Cerise se passe la langue sur les lèvres d'un air gourmand et remarque :

– On dirait des fraises !

Sifflotin fourrage énergiquement dans sa tignasse et déclare :

– J'adore les fraises !

Moi aussi, je les adore ! Je m'en lèche les babines à l'avance. Mais Roûmm, lui, semble inquiet. Il sautille autour du buisson, renifle et gémit : « Rrriii, rrii… » ce qui veut dire :

– Moi, je trouve que ces fruits sont bizarres, très bizarres.

Mais Sifflotin ne l'écoute pas. Il tend la main vers le buisson et avale trois fruits rouges d'un seul coup.

Et moi j'en gobe quatre autres, le plus vite possible !

Soudain, j'éprouve une sorte de vertige. J'ai l'impression que la forêt tourbillonne autour de moi.

Tout devient rouge : les nuages, l'herbe, les feuilles des arbres, les oiseaux qui traversent le ciel. J'entrevois des monstres étranges qui claquent des ailes au-dessus de ma tête : des colibraques et des crâcrâneurs, des sciecigognes et des plumobecquois.

Je me sens de plus en plus mal ! Je me pétrifie comme si je devenais un bloc de rocher. Je n'arrive plus à bouger ni à parler. Sifflotin

est malade, lui aussi. Il respire aussi difficilement que moi. Les fruits étaient sûrement vénéneux ! Et là, je m'évanouis.

Longtemps après, je sens quelque chose de sucré couler sur mes lèvres. Je cligne péniblement des yeux. Cette fois, j'ai l'impression que tout est bleu : le ciel, bien sûr, les arbres, et même mes propres mains. De drôles de bestioles bleuâtres glissent sur l'herbe, entre mes orteils. Il y a des lézardents, des rachagrines, des fouineniffles et des mulomoulus.

Je soupire, avale avidement le jus sucré. C'est Cerise qui me le donne, une drôle de Cerise, avec une tignasse bleue qui tombe sur ses joues et ses épaules. Elle me demande d'un ton anxieux :

Petit-Féroce ?
Eh, Petit-Féroce, ça va ?

Peu à peu, le monde retrouve ses couleurs ordinaires. L'herbe redevient verte et les cheveux de Cerise aussi rouges que des tomates.

Elle répète :

– Ça va Petit-Féroce ?

– Je crois. Que m'est-il arrivé ?

Cerise me montre de petites boules bleues au creux de sa main et m'explique :

– Sifflotin et toi, vous avez mangé des glaglafraises. Les glaglafraises ressemblent beaucoup aux vraies fraises des bois, mais elles sont terriblement vénéneuses. Heureusement, mon papa, le sorcier, m'a indiqué le contrepoison : des framfreuboises violettes. Seulement, il faut faire très vite et elles sont difficiles à trouver. J'ai eu vraiment peur !

Assis par terre, Sifflotin se frotte énergiquement les yeux. Quand Roûmm voit que je vais mieux, il saute gaiement sur mon épaule et enroule sa queue autour de mon cou pour me montrer qu'il est content.

Je suis soulagé. Et j'ai faim ! On peut manger quoi, dans cette forêt ?

MON COUSIN GOBE-GOBE

J'ai des soucis à cause de Sifflotin et de mon cousin Gobe-Gobe.

Je vous ai déjà parlé de Gobe-Gobe, non ? Son vrai nom, c'est Terrible-Gobeur-de-Monstres. C'est le fils de mon oncle Très-Très-Brutal, le frère de papa Grand-Féroce.

Gobe-Gobe est très fier de son nom. Je me demande bien pourquoi ! Parce que, pour le moment, il n'a gobé que des escarcrocs baveux qui se baladaient devant sa caverne. Malheureusement, il est beaucoup plus fort que moi. Il me tape dessus depuis qu'on est tout petits. J'en ai vraiment marre !

Mais ces derniers temps, Gobe-Gobe ne s'en prend plus à moi, il fait des tas de misères à Sifflotin. Il le traite sans arrêt d'étranger, de radimoche et surtout de sale Marmicreux ! C'est pas juste ! C'est lui la sale brute !

Le soir, dans notre caverne, je console Sifflotin qui pleure à cause de Gobe-Gobe.

– Ça ne peut pas continuer comme ça. Tu dois en parler à papa et maman. Ils diront à l'oncle Très-Très-Brutal de taper sur Gobe-Gobe à grands coups de massue !

– Non, renifle Sifflotin. Je ne veux pas le dénoncer. Je veux qu'il devienne mon copain.

– Pourquoi ?

– C'est TON cousin et tu es mon frère, non ? m'explique Sifflotin. Alors je veux qu'il devienne MON cousin pour que je sois complètement de la famille.

Rendre copains Gobe-Gobe et Sifflotin ? Ça ne va pas être simple. Franchement, je ne vois pas du tout comment faire. Il va falloir être très malin.

Et si j'en parlais à Cerise-qui-mord, elle aurait peut-être une idée ?

Je profite d'un beau matin où on s'est retrouvés au bord du lac de la Lune. Cerise agite ses doigts de pieds dans l'eau pendant que je lui explique la situation.

– Il faut ab-so-lu-ment que Gobe-Gobe laisse Sifflotin tranquille.

Cerise fronce les sourcils en tirant pensivement sur ses mèches de cheveux rouges. Elle fait toujours ça quand elle réfléchit. Elle pense si fort qu'elle en a presque de la fumée qui sort des oreilles.

– J'ai une idée ! s'exclame-t-elle brusquement. Ça va être terrible !

Cerise se penche vers moi et m'explique son idée à l'oreille.

Formidable ! Même un garçon aussi génial que moi n'aurait pas trouvé une astuce pareille !

La nuit suivante, des ombres mystérieuses sortent des cavernes pour hanter la nuit noire. De qui s'agit-il donc ? De Croquechoux en balade, de Machecrus en maraude ou d'ogresques affamés ?

Eh bien non ! Ces ombres inquiétantes sont celles de Cerise-qui-mord, de ses deux petits frères Œil-d'Écureuil et Oreille-de-Renard, qui sont aussi roux et farceurs qu'elle, de Sifflotin et... et de moi !

Seulement nous ne sommes pas nous. Nous sommes déguisés en Grognedurs !

Les Grognedurs habitent à l'autre bout de la jungle et ne viennent jamais du côté du lac de la Lune.

Mais le soir, dans les cavernes, au coin du feu, on raconte des histoires horribles sur eux. Ils sont encore plus méchants que les Marmicreux. Bref, les Grognedurs sont la terreur de la région. Nous nous sommes donc déguisés en Grognedurs. Des masques de papipluche cachent nos visages et des os de gloutesques nous traversent le nez. Ça va saigner !

Nous nous cachons sous un buisson de feuillis-feuillous et nous attendons, nous attendons…

– Attention « il » arrive ! chuchote Oreille-de-Renard.

« Il », c'est mon cousin Gobe-Gobe. Il aime bien se promener au clair de lune avec sa massue sur l'épaule.

– Attention, répète Œil-d'Écureuil. C'est le moment.

Gobe-Gobe passe tout près de nous, alors on lui saute dessus par-derrière, on le bâillonne, on le ligote et on le traîne jusqu'à une grotte vide où nous avons préparé une vieille marmite, un gros tas de branches mortes, des broches et des pierres de silex. Ça fait très cannibale !

On le dépose, toujours ligoté et bâillonné, dans la marmite. Il est drôlement lourd, le cousin Gobe-Gobe. Si on le croquait pour de bon, il nous ferait au moins trois repas.

Gobe-Gobe s'agite dans la marmite. Il se débat comme un fou, il donne des coups de pied dans tous les sens, mais ça ne sert à rien. On l'a ficelé comme un sauciflasque !

– J'y vais ! me souffle Sifflotin à l'oreille.

– D'accord ! Bonne chance !

Sifflotin s'esquive en vitesse pendant que Cerise, Renard, Écureuil et moi nous penchons sur la marmite.

Gobe-Gobe nous foudroie du regard, mais sans nous reconnaître à cause des masques en papipluche. Il faut en profiter !

– Miam miam miam, ce petit Cavernois a l'air délicieux, commence Oreille en déguisant sa voix.

– On va se régaler ! continue Renard sur le même ton.

– Mmm ! Mmmm ! proteste Gobe-Gobe sous son bâillon.

Je suppose qu'il veut dire que nous sommes d'affreux cannibales et qu'il va nous massacrer, mais ça ne nous impressionne pas beaucoup.

Nous nous prenons par la main et dansons en rond autour de la marmite, nous agitons nos broches et nos massues et chantons à pleins poumons :

LES GROGNEDURS SONT DE VRAIS DURS !
DES GLOUTONS À LA DENT DURE !
LES GROGNEDURS ONT TOUJOURS FAIM !
LES GROGNEDURS SONT TRÈS MALINS !

J'observe Gobe-Gobe du coin de l'œil. Il pâlit puis il devient tout vert. Il est mort de frousse. Il se croit cuit.

Tout va bien ! Le plan de Cerise fonctionne parfaitement. Le plus dur, c'est de ne pas rigoler ! Les faux Grognedurs (c'est nous !) continuent à danser quand soudain… Sifflotin entre dans la caverne, une massue à la main. C'est le vrai Sifflotin, il n'est plus déguisé. Il fonce sur nous et vlan !

Il assomme (pour rire) Oreille-de-Renard, puis Œil-d'Écureuil, puis Cerise. Ensuite il se dirige vers moi en brandissant sa massue. Aïe aïe aïe… J'espère qu'il ne va pas exagérer.

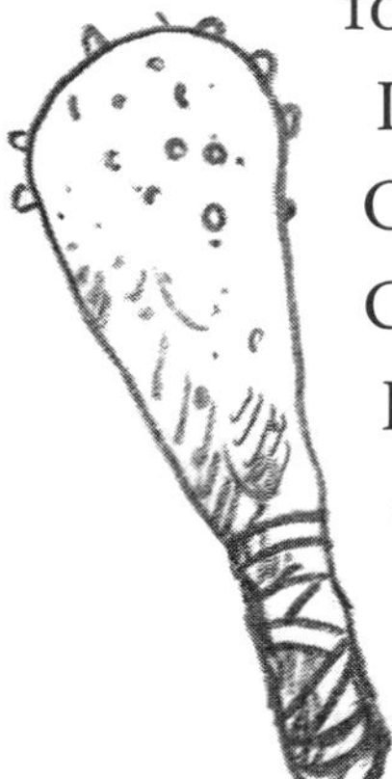

Et POUM ! (ou plutôt ping, parce que Sifflotin est gentil avec moi, il retient son coup) je fais semblant de tomber par terre, tout raide, mais je me débrouille pour ouvrir l'œil (et l'oreille).

Sifflotin aide Gobe-Gobe à sortir de la marmite et le délivre de ses liens.

– Que… que s'est-il passé ? bredouille Gobe-Gobe encore mal remis de ses émotions.

– Tu as été capturé par les Grognedurs, lui explique Sifflotin. Mais j'ai suivi leur piste et j'ai réussi à les assommer.

– Tu m'as sauvé la vie ! s'exclame Gobe-Gobe.

– Hé oui, répond modestement Sifflotin.

– Tu es un héros ! ajoute Gobe-Gobe.

– Mais non, mais non, proteste modestement Sifflotin. J'ai eu de la chance, c'est tout. Mais viens vite. Il faut partir d'ici avant que les Grognedurs se réveillent.

– D'accord, cousin Sifflotin ! approuve Gobe-Gobe. Tu es formidable. Je ne te taperai plus jamais dessus.

Hé hé hé… Tout va bien ! Le plan de Cerise fonctionne parfaitement.

– Enfin, je te taperai dessus comme je tape sur Petit-Féroce. C'est normal entre cousins.

Quoi ? Comment ? C'était pas prévu ça ! Je ne suis pas d'accord !

Mais Sifflotin, lui, est tellement heureux qu'il affirme avec enthousiasme :

– C'est d'accord. Allez viens, on y va !

Ils quittent la grotte et nous nous relevons aussitôt en nous tapant dans les mains. Ça a marché, Sifflotin et Gobe-Gobe sont enfin amis. Et pour fêter ça, nous dansons de nouveau la danse des Grognedurs.

LES GROGNEDURS SONT DE VRAIS DURS !
DES GLOUTONS À LA DENT DURE !
LES GROGNEDURS ONT TOUJOURS FAIM !
LES GROGNEDURS SONT TRÈS MALINS !

LE COMBAT DES SORCIERS

Cerise, ma meilleure amie, est la fille du grand sorcier Arbre-Rouge.

Arbre-Rouge apprivoise les oiseaux et les animaux sauvages. Il provoque la pluie, apaise la grêle, attire la foudre. Le seul cataclysme qu'il soit incapable de contrôler, c'est… Cerise-qui-mord, sa fille !

Mais, depuis quelque temps, Arbre-Rouge a des ennuis. Tigre-Noir, un autre magicien qui se cache le visage sous un masque de tigre, cherche à devenir le grand sorcier des Cavernois.

Tigre-Noir est très puissant, lui aussi. Un jour, il a transformé un diplodocus en artichaut. Je ne sais pas comment il s'y est pris ! Ce monstre renversait des arbres sur son passage et, une minute après, Tigre-Noir distribuait tranquillement les feuilles de l'artichaut à ses vilains crâcrâneurs apprivoisés, d'horribles oiseaux griffus et cornus.

Le conseil de la tribu a décidé que cette nuit Arbre-Rouge et Tigre-Noir s'affronteront. Le vainqueur sera le seul grand sorcier des Cavernois.

La nuit tombe. La lune brille au-dessus du lac et de la forêt, pareille à un immense œil jaune. Mes parents dorment déjà dans notre caverne. Sifflotin et moi nous glissons hors de nos couvertures en poil d'ours et quittons discrètement la grotte.

Cerise nous attend. Pour la première fois depuis que je la connais, elle semble inquiète. Elle a peur pour son papa !

Je prends sa main dans la mienne. Je lui souris dans l'obscurité et je chuchote :

– Ne te fais pas de souci. Ton père gagnera sûrement !

Elle me rend timidement mon sourire. Ça me fait vraiment plaisir.

– Alors, on y va ? s'impatiente Sifflotin.

Courbés en deux, nous filons vers la forêt. J'ai décidé de laisser mon ronronge apprivoisé dans la grotte. Roûmm est très chahuteur et les sorciers ont l'oreille fine.

Œil-d'Écureuil et Oreille-de-Renard, les frères de Cerise, nous ont rejoints. Ils sont aussi inquiets qu'elle. Nous arrivons tous à l'endroit du duel, une sinistre clairière à l'herbe grise et brûlée, entourée d'arbres morts et de sombres rochers de lave.

J'observe discrètement les deux sorciers.

Arbre-Rouge a les cheveux aussi rouges que ceux de Cerise et de ses frères. Il tient entre ses mains un long bâton en bois sculpté.

En face de lui, Tigre-Noir ricane. Ses affreux crâcrâneurs croassent sur ses épaules.

Le duel commence ! Tigre-Noir lève la main et une obscurité surnaturelle recouvre la clairière. La lune disparaît, les étoiles s'évanouissent. Des ombres bizarres, cornues, velues, menaçantes, planent sur lui.

À côté de moi, Cerise et ses frères, Œil-d'Écureuil et Oreille-de-Renard, frissonnent. Sifflotin avale péniblement sa salive. Arbre-Rouge se met à rire. Il brandit son bâton d'où jaillit une longue flamme écarlate. Les ombres se dispersent et les crâcrâneurs s'enfuient à tire-d'aile.

Soudain, tout va très vite ! Tigre-Noir se transforme en vrai tigre aux crocs flamboyants mais Arbre-Rouge devient un lion gigantesque. Le tigre bondit vers le ciel et devient un vampire aux ailes déployées. Il s'accroche à la gorge

du lion ! Celui-ci se change en tortue et enfonce sa tête sous sa carapace. Les dents du vampire se brisent sur les écailles ! Furieux, Tigre-Noir reprend forme humaine. Au même instant, la tortue devient… une carotte, une simple carotte comme celles que maman met dans la soupe. Arbre-Rouge s'est sûrement trompé de formule magique !

Auprès de moi, Sifflotin retient son souffle. Cerise gémit et cache son visage entre ses mains.

Tigre-Noir ricane, se transforme en lapin noir et se précipite sur la carotte ! Mais à la dernière minute, Arbre-Rouge se change en renard roux, attrape le lapin noir par les oreilles, le secoue joyeusement, lui grignote le bout des moustaches et le laisse partir avec un glapissement de mépris. La carotte était un piège ! Tigre-Noir s'enfuit piteusement, le duel est fini ! Arbre-Rouge est vainqueur !

Nous sortons des fourrés en applaudissant de toutes nos forces.

– Papa a gagné ! Hourra ! Hourra ! hurle Cerise en sautant au cou de son père.

Un peu plus tard, alors que le magicien est reparti, Sifflotin cueille délicatement une fleur de tournesucette entre ses orteils et dit à Cerise :

– Dis donc, ça paraît facile de jouer au sorcier. J'ai envie d'essayer moi…

Cerise rigole d'un air bizarre. Elle l'observe un moment puis claque des doigts. Et brusquement, la jolie fleur devient une énorme plante carnivore, rouge vif, affamée, le plus affreux chardon-croque que j'aie jamais vu ! Elle mord le gros orteil de Sifflotin qui pousse un hurlement de douleur et s'effondre, le derrière dans l'herbe.

Cerise claque encore des doigts. Une longue liane verte descend toute seule d'un arbre, s'enroule autour des bras de mon pauvre petit frère, le force à se relever et à se percher sur la pointe des

pieds. Cerise a vraiment fait des progrès depuis le jour où les chardons-croque ont failli la manger ! Mais si ça continue, elle va massacrer mon Sifflotin !

– Ceriiise ! Je te demande pardon ! Arrête ! Tu es une grande ma… ma… magicienne ! gargouille lamentablement mon petit frère.

Cerise hoche la tête ; le chardon-croque redevient fleur, la liane remonte dans l'arbre et Sifflotin tombe à genoux en bredouillant de soulagement.

– Retournons aux cavernes ! Il y aura une grande fête pour la victoire de mon papa ! s'exclame joyeusement Cerise.

LE MONSTRE DU LAC

Incroyable !

In-cro-ya-ble ! On a eu une drôle d'aventure, mais ce n'était pas moi le héros. C'était ce faux frère de Sifflotin. Sifflotin est devenu un héros !

Ouvrez grand vos oreilles, je vous raconte ce qui s'est passé. Vous savez déjà que notre tribu est installée au bord du lac de la Lune. Or quelque part sur ce lac existe une île minuscule, couverte d'herbes folles et surtout de mystérieuses pierres jaunes, lisses et brillantes, les pierres de lune. Elles sont enchantées et Arbre-Rouge, le sorcier, s'en sert pour fabriquer des médicaments ou des philtres magiques.

Or, un beau matin, Arbre-Rouge convoque les guerriers de la tribu et leur annonce :

– Ma réserve de pierres de lune est épuisée. Il faut qu'un héros en rapporte d'autres.

Les guerriers hésitent. Ils se grattent le nez en soupirant, même mon papa Grand-Féroce et mon oncle Très-Très-Brutal. Il faut vous dire qu'un monstre épouvantable habite le fond du lac. On raconte qu'il dévore ceux qui s'approchent de l'île.

Je n'ai pas vraiment envie de devenir un héros… mangé. Mais j'aperçois Cerise-qui-mord, ma meilleure amie, et aussi ma meilleure ennemie, et pour elle, j'ai envie de devenir un héros… héroïque. J'annonce d'une voix hésitante :

– Moi, j'y vais !

Et bien sûr, cet insupportable Sifflotin s'exclame :

– Moi aussi !

Je l'attrape par la peau du cou et déclare :

– Pas question, tu es trop petit !

Papa et maman hésitent, mais finalement ils me laissent partir. Je dois m'entraîner pour devenir un guerrier !

Alors, dès l'aube suivante, ma pirogue traverse les brumes grises et froides qui traînent sur le lac. Au fond de l'embarcation, j'ai entassé des armes et des vivres plus une épaisse couverture en poil d'ours.

Je rame très fort pour me réchauffer et, soudain, j'entrevois l'île des pierres de lune. Youpi, je vais pouvoir les ramasser. Je suis presque un héros !

Hélas, à ce moment, le monstre du lac apparaît ! C'est un immense serpent, couvert d'écailles vertes et glissantes, avec une gueule assez grande pour avaler un troupeau de mammouths. Il a d'immenses yeux rouges et deux cornes démesurées plantées sur le front.

Bref, c'est un monstre absolument monstrueux !

Et moi, je suis cuit ! Il va me dévorer tout cru !

La seule chose pire qu'un monstre, c'est un monstre qui parle, et celui-là possède une voix de tonnerre.

– Qui es-tu, espèce de moustique ?

J'avale ma salive et je réponds en chevrotant :

– Moi ? Ben… heu… je… je m'appelle Petit-Féroce et je suis… hum… je suis un héros. Mais si je vous dérange, je peux revenir un autre jour !

Le monstre réplique en grondant :

– Tu oses troubler mes eaux ? Que cherches-tu ici ?

Je bafouille en tremblant :

– Je voudrais bien, si ça ne vous dérange pas, quelques petites, très petites, minuscules pierres de lune pour guérir les malades de ma tribu.

Le monstre éclate de rire.

– Ce matin, j'ai déjà dévoré un mammouth myope et un diplodocus boiteux. Ça tombe bien, je cherchais justement le dessert. C'est gentil d'y avoir pensé !

Et il ouvre sa gueule immense. Aïe. JE suis le dessert. Je vais être croqué comme un œuf à la coque.

Mais, à ce moment-là, quelque chose remue sous la fourrure d'ours, au fond de la pirogue. Et Sifflotin surgit, hirsute, avec Roûmm mon ronronge perché sur son épaule. Le monstre rugit :

– Tiens voilà un autre dessert. Qui es-tu microbe ?

Sifflotin déclare modestement :

– Je m'appelle Sifflotin et je suis le petit frère de Petit-Féroce le héros. Si tu veux bien ne pas nous manger tout de suite, j'ai une proposition à te faire.

Il sort de son pagne une boulette étrange qui sent drôlement bon. Le monstre, alléché, renifle si fort qu'il provoque un tourbillon à la surface du lac. Sifflotin confie la boule à Roûmm :

– Tiens ! Envoie-la à ce gentil monstre, ça lui fera plaisir.

Le ronronge attrape la boulette avec sa longue, longue queue puis la soulève très haut, jusqu'à la gueule du monstre. Celui-ci tire une longue langue fourchue, attrape la boulette et la gobe avec satisfaction.

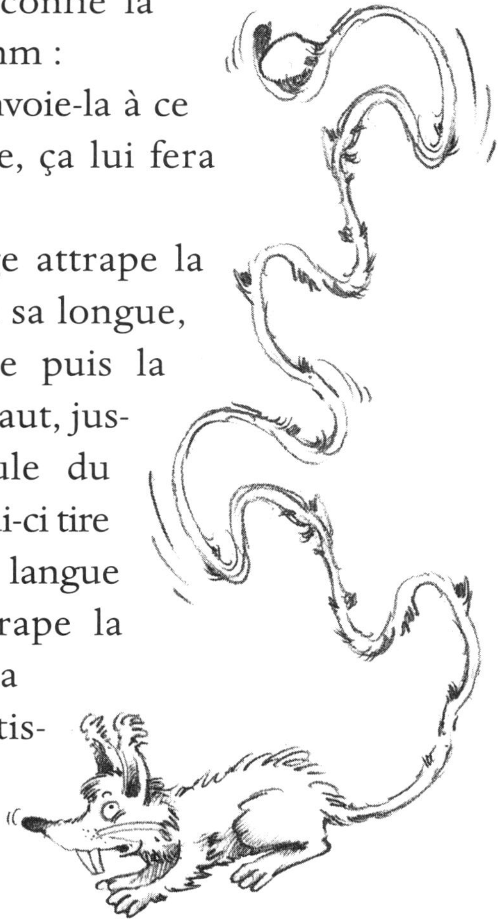

Ça alors ! J'ouvre des yeux ronds et je demande à Sifflotin :

– Qu'est-ce que c'est ?

Et le monstre hurle à son tour d'une voix tonitruante :

– Qu'est-ce que c'est ?

Sifflotin sourit et répond tranquillement :

– Il s'agit d'une vieille recette de famille, une recette secrète des Marmicreux des Collines. Il paraît que tous les monstres adorent ça, et je l'ai préparée spécialement pour toi.

Le monstre du lac en bave de convoitise.

– Je veux la recette ! rugit-il d'une voix terrible.

Sifflotin réplique fermement :

– À deux conditions. D'abord, tu promets de ne pas nous manger. Et ensuite, tu nous laisses emporter un gros tas de pierres de lune.

Le monstre accepte. Et voilà comment Sifflotin est devenu un héros !

À propos, vous voulez connaître la recette secrète de Sifflotin ? Eh bien, il s'agit tout simplement d'un délicieux mélange de caviaropithèque haché et de truffaudocus aux fines herbes.

Alors si jamais vous rencontrez un monstre couvert d'écailles, n'hésitez pas. Donnez-lui la recette et devenez un héros, comme Sifflotin !

LE FIANCÉ DE CERISE-QUI-MORD

Je me fais du souci.

Je ne devrais pas vous le dire, parce que je suis sûr que vous allez vous moquer de moi ! J'ai parlé de mes problèmes à Sifflotin et il m'a tiré la langue. J'en ai parlé à mon cousin Gobe-Gobe, le fils de mon oncle Très-Très-Brutal, et il m'a tiré les oreilles. J'en ai parlé à Roûmm mon ronronge pendant qu'il croquait une feuille de saladouce et j'ai dû lui tirer les moustaches pour qu'il m'écoute !

Ils se moquent tous de mes problèmes !

Voilà ce qui m'ennuie : je voudrais que ma chère Cerise soit gentille avec moi. Je voudrais qu'elle devienne douce, douce comme un pépin de pamplemousse. Hélas ! Elle me crie dessus, elle me tape dessus, elle me saute dessus comme si j'étais un rien du tout. Ça me fait parfois de la peine.

Et ça me fait toujours mal !

Mais pourquoi, pourquoi Cerise-qui-mord a-t-elle un caractère tellement épouvantable ?

Quand j'y pense, je comprends que sa vie n'est pas toujours facile. Elle est la fille d'Arbre-Rouge, le grand sorcier, alors elle possède de grands pouvoirs. Mais elle n'a pas le droit de s'en servir, sauf en cas d'urgence, comme le jour où les Marmicreux ont failli nous croquer. Ses frères et elle sont plus forts que tous les enfants de la tribu et ça les rend différents des autres et parfois méchants. C'est dur d'être différent.

Mais moi, je voudrais tellement, tellement qu'elle soit toujours gentille.

Enfin, gentille avec moi.

Je réfléchis beaucoup à mon problème (en avalant une côtelette de mammouth pour me donner des forces).

À la prochaine lune, c'est l'anniversaire de Cerise-qui-mord. Je dois absolument lui offrir quelque chose de merveilleux. Premièrement, parce que je l'aime beaucoup. Deuxièmement, parce que si j'oublie de lui faire un cadeau, elle m'obligera à avaler ma propre massue ! Et ensuite, elle me transformera en grenouille grognon. Elle est TRÈS susceptible, ma chère Cerise.

Soudain, je me lève en criant de joie. J'ai une idée formidable ! C'est normal, je suis tellement intelligent !

Je fonce dans la forêt pour y cueillir des champignons multicolores et des fleurs étincelantes de rosée. Ensuite, je ramasse de beaux coquillages au bord du lac de la Lune.

Le lendemain, je m'enferme dans la plus jolie des grottes vides de la tribu. Elle est confortable, tapissée de sable blanc très fin. Pour que personne ne me dérange, je bouche l'entrée avec d'immenses feuilles de bananier.

Mon travail dure plusieurs jours. Heureusement, Cerise prend des leçons de magie avec son père. Elle ne se doute de rien.

Un matin, Sifflotin passe sa tête entre les feuilles en sifflotant d'un air innocent. Je lui tire les oreilles et je le renvoie sans ménagement siffloter dans la savane, marmonner dans les marais et ronchonner dans les roncheronces.

Un peu plus tard, Roûmm se glisse dans la grotte et renifle dans tous les coins. Je le flanque dehors avec un bouquet d'orties noué au bout de la queue ! Il est tellement vexé qu'il découpe en tranches un pauvre cocotier qui ne lui a rien fait.

Le grand jour arrive enfin. C'est l'anniversaire de Cerise ! Je cours chez elle, le cœur battant. Elle caresse le chat noir de son père le sorcier. Ils ont exactement les mêmes yeux, verts et brillants…

– Bon anniversaire, Cerise ! Viens vite voir ton cadeau !

Elle ouvre des yeux ronds, mais je ne lui laisse pas le temps de m'interroger. Je lui prends la main et je la conduis jusqu'à la grotte et, pour une fois, elle ne se moque pas de moi.

Grâce aux couleurs tirées des champignons, des plantes et des coquillages, j'ai dessiné sur les parois de la grotte le soleil et la lune, le lac et la forêt, les arbres et les fleurs. Juste en face de l'entrée, j'ai peint le plus beau cerisier du monde, chargé de cerises pareilles à des gouttes de feu.

– Tiens ! Voilà ta grotte ! Maintenant, elle t'appartient.

Cerise contemple longuement les murs que j'ai décorés. Elle se tait un long moment, puis déclare gravement :

– Plus tard, j'habiterai toujours cette grotte ! Et toi aussi, Petit-Féroce, parce que tu es mon fiancé.

Et elle m'embrasse sur l'oreille !

Fiancé ? Je fronce les sourcils. Elle décide ça comme ça, sans me demander mon avis ? J'ouvre la bouche pour protester, mais…

Cerise est si jolie, ses yeux verts étincellent tellement que j'oublie d'être vexé. J'oublie même les coups de massue, les coups de dent, et tout le reste. Je prends doucement sa main et je chuchote :

– Je suis très heureux que tu aimes notre grotte…

TABLE DES MATIÈRES

L'auteur

Né à Strasbourg en 1958, **Paul Thiès** a fait escale à Buenos Aires, Madrid, Tokyo, Mexico, avant d'atterrir plus longuement à Paris. Féru de littérature en tous genres, il est aussi remuant que ses personnages, aime beaucoup les gares et les aéroports, rencontre volontiers ses lecteurs qu'il entraîne dans des aventures endiablées, dans des univers peuplés de héros aussi touchants que malins.

Il a déjà écrit beaucoup de livres pour la jeunesse chez Rageot Éditeur.

L'illustrateur

Mérel est né en Alsace, à Mulhouse. Ancien élève des Arts décoratifs de Strasbourg, il vit en Alsace.
Il a illustré plus d'une centaine de livres pour enfants et publié de nombreux dessins dans différents journaux. Il aime illustrer des textes drôles avec des monstres ou des gamins délurés qui font plein de farces…

Achevé d'imprimer en France en novembre 2004
par l'imprimerie Hérissey à Évreux (Eure)
Dépôt légal : janvier 2005
N° d'édition : 4092
N° d'impression : 97843